Este libro pertenece a:

_____

Habilidades sociales + diversidad cultural

Editado por Scholastic Inc., 90 Old Sherman Turnpike, Danbury, CT 06816.

SCHOLASTIC y los logos asociados son marcas de producto y/o marcas registradas de Scholastic Inc.

ISBN 0-439-92276-3

Título del original en inglés: Blue's Sharing Surprise

Traducción de Daniel A. González y asociados

Impreso en Estados Unidos

Primera impresión de Scholastic, marzo de 2007

La sorpresa compartida de Blue

por
Tish Rabe

ilustrado por
Karen Craig

SCHOLASTIC INC.
Nueva York   Toronto   Londres   Auckland   Sydney
Ciudad de México   Nueva Delhi   Hong Kong   Buenos Aires

Blue estaba ansiosa por llegar a
la escuela. Tenía algo especial para
compartir con sus amigos y con su
maestra la señorita Marigold.

Durante la Hora del Círculo, Blue abrió su caja azul.
Adentro había unos pastelitos decorados. —¡Los voy
a compartir con todos ustedes! —dijo Blue.

—Gracias, Blue —dijo la
señorita Marigold—. Los
guardaremos para la Hora
de la Merienda.

Magenta ayudó a Blue a poner los pastelitos en la mesa de la merienda. —Se ven deliciosos —dijo Magenta—, y tu caja es muy bonita. ¿Qué vas a hacer con ella cuando esté vacía?

—¿Por qué no hacemos
una sorpresa para la
señorita Marigold? —dijo
Blue. Entonces le contó a
Magenta los detalles de su idea.

Magenta sonrió y dijo: —¡A la
señorita Marigold le va a encantar,
Blue! ¿Por qué no se lo decimos a
todos los demás?

Blue y Magenta se apresuraron a volver al círculo.

—¿Alguien más tiene algo para compartir? —preguntó la señorita Marigold.

Periwinkle se levantó. —Ésta es mi colección de cosas de la ciudad.

Le mostró a sus amigos todo lo que había traído. Cuando llegó donde estaba Magenta, ella le susurró la idea de Blue.

—Yo se lo diré a los demás —dijo Periwinkle muy contento.

Pronto llegó la Hora de Pintar. Mientras se ponía
su bata, Periwinkle le contó a Orange Kitten los
detalles de la sorpresa.

—¡Qué gran idea! —exclamó Orange Kitten.

Periwinkle decidió dibujar una casa roja, pero no tenía
pintura roja. —¿Puedes prestarme tu pintura roja? —le
preguntó a Orange Kitten.

—Puedes usar todas mis pinturas —dijo Orange Kitten.

—Gracias —dijo Periwinkle.

Después de la Hora de Pintar Green Puppy y Orange Kitten fueron a jugar con los cubos.

—¿Sabes qué? —dijo Orange Kitten—. Si compartimos los cubos, ¡juntos podemos hacer un castillo grandioso!

Green Puppy sonrió. —¡Ah, eso me gusta!

Y Orange Kitten le contó a Green Puppy los detalles de la sorpresa.

—Yo sé lo que puedo hacer para colaborar —dijo Green Puppy emocionado.

Cuando era la hora
de salir al patio, Purple
Kangaroo fue el primero
en llegar al columpio.

—Purple Kangaroo —dijo Orange Kitten—, ¿qué te parece si nos turnamos en el columpio?

—¡Claro! —dijo Purple Kangaroo.

Mientras esperaban su turno, Green Puppy y Orange Kitten le contaron a Purple Kangaroo los detalles de la idea de Blue.

—¡Va a ser una gran sorpresa! —dijeron todos alegremente.

19

Cuando regresaron, Blue
necesitaba ayuda para hacer un
dinosaurio de plastilina, pero
la Señorita Marigold estaba
ayudando a Green Puppy.

Blue sabía que tenía que
compartir a la señorita Marigold
con todos sus amigos.

—¡Yo te ayudaré! —dijo Purple Kangaroo. Juntos hicieron un magnífico dinosaurio.

—Aquí estoy —dijo la señorita Marigold—. ¿Todavía necesitan mi ayuda?

—Ah, no, gracias —dijo Blue—. Purple Kangaroo y yo lo hicimos juntos.

Después de la Hora de Limpiar todos se reunieron alrededor de la señorita Marigold.

—Señorita Marigold, ¡tenemos una sorpresa para usted! —dijo Blue y le entregó la caja azul.

—¡Es una caja con cosas compartidas! —dijo Blue, mientras la señorita Marigold la abría.

—¡La llenamos con algunas de las cosas que compartimos hoy! —explicó Green Puppy.

Todos se turnaron para explicar cómo habían compartido cada cosa.

—El taxi es de la colección de Periwinkle —dijo Magenta.

—La pintura roja es de Orange Kitten, pero ella la compartió conmigo —dijo Periwinkle.

—Encontramos esta hoja cuando compartimos el columpio —añadió Purple Kangaroo.

—Gracias, me encanta mi caja de cosas compartidas —le dijo la señorita Marigold a la clase—. Estoy muy contenta de que hayan encontrado tantas maneras distintas de compartir.

Luego todos disfrutaron los pastelitos de Blue y compartieron muchas sonrisas hasta que llegó la hora de ir a casa.

Fundamentos de Aprende jugando de Nick Jr.™

¡Las habilidades que todos los niños necesitan, en cuentos que les encantarán!

 colores + formas

Reconocer e identificar formas y colores básicos en el contexto de un cuento.

 emociones

Aprender a identificar y entender un amplio rango de emociones: felicidad, tristeza, entusiasmo, frustración, etc.

 imaginación

Fomentar las habilidades de pensamiento creativo por medio de juegos de dramatización y de imaginación.

123 matemáticas

Reconocer las primeras nociones de matemáticas del mundo que nos rodea: patrones, formas, números, secuencias.

 **música + movimiento**

Disfrutar el sonido y el ritmo de la música y la danza.

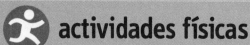 **actividades físicas**

Promover coordinación y confianza por medio del juego y de ejercicios físicos.

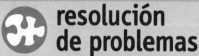 **resolución de problemas**

Usar habilidades de pensamiento crítico (observar, escuchar, seguir instrucciones) para hacer predicciones y resolver problemas.

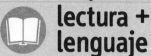 **lectura + lenguaje**

Desarrollar un amor duradero por la lectura por medio del uso de historias, cuentos y personajes interesantes.

 ciencia

Fomentar la curiosidad y el interés en el mundo natural que nos rodea.

 habilidades sociales + diversidad cultural

Desarrollar respeto por los demás como personas únicas e interesantes.

Habilidades sociales + diversidad cultural

Estímulo de conversación

Preguntas y actividades para que los padres ayuden a sus hijos a aprender jugando.

Blue y sus amigos encontraron muchas maneras de compartir. Piensa en las cosas que has compartido con tus amigos, y entonces construye tu propia caja para compartir.

Para encontrar más actividades para padres e hijos, visita el sitio Web en inglés www.nickjr.com.